हिन्द पॉकेट बुक्स

शिरडी के साईं बाबा

यह साईं बाबा की जीवनी है, जिसे छोटों एवं किशोरों के लिए सजाया-संवारा गया है, ताकि इसे पढ़कर उनमें उनके जैसा बनने, ऊंचा उठने और दुनिया में बड़ा नाम कमाने की प्रेरणा जगा सके।

महान व्यक्तित्व की यह जीवनी बहुत आसान भाषा में और कहानियों की तरह रोचक ढंग से लिखी गई है। इसलिए इसे याद करने में भी बड़ी आसानी होगी। शिरडी के साईं बाबा की यह रोचक एवं प्रेरक जीवन-कथा एक ऐसी किताब है, जो बच्चों और किशोरों में उनकी दी हुई शिक्षाओं से उनके दिमाग़ रोशन कर देगी। सच ही कहा है किसी ने कि संत-महात्मा ईश्वर-अल्लाह के देवदूत होते हैं, जो दुनिया को सच्चाई, प्रेम और करुणा का रास्ता दिखाते हैं। आइए, पढ़ें शिरडी के साईं बाबा के विचार और शिक्षाओं के साथ उनकी महान जिंदगी के बारे में।

सुरुचिपूर्ण एवं प्रेरणादायक कथाएं

शिरडी के साईं बाबा

अफ़रोज़ शाहीन

हिन्द पॉकेट बुक्स
पेंगुइन रैंडम हाउस इम्प्रिंट

हिन्द पॉकेट बुक्स

यूएसए | कनाडा | यूके | आयरलैंड | ऑस्ट्रेलिया | सिंगापुर
न्यू ज़ीलैंड | भारत | दक्षिण अफ्रीका | चीन

हिन्द पॉकेट बुक्स, पेंगुइन रैंडम हाउस ग्रुप ऑफ़ कम्पनीज़ का हिस्सा है,
जिसका पता global.penguinrandomhouse.com पर मिलेगा

पेंगुइन रैंडम हाउस इंडिया प्रा. लि.,
चौथी मंजिल, कैपिटल टावर -1, एम जी रोड,
गुड़गांव 122 002, हरियाणा, भारत

पेंगुइन
रैंडम हाउस
इंडिया

प्रथम हिन्दी संस्करण हिन्द पॉकेट बुक्स द्वारा 2013 में प्रकाशित
यह हिन्दी संस्करण हिन्द पॉकेट बुक्स में पेंगुइन रैंडम हाउस द्वारा 2022 में प्रकाशित

10 9 8 7 6 5 4 3 2

ISBN 9789353492038

मुद्रकः रेप्रो इंडिया लिमिटेड

www.penguin.co.in

MIX
Paper from
responsible sources
FSC www.fsc.org FSC® C047271

This is a legitimate digitally printed version of the book and therefore might not
have certain extra finishing on the cover.

क्रम

बाबा का परिवार

पथरी गांव एक नदी किनारे बसा हुआ था। यहां एक ब्राह्मण दम्पति रहते थे। दोनों बड़े ही धार्मिक प्रवृत्ति के थे। रूखा-सूखा खाकर, भगवान का नाम जपते, दोनों ही शिवजी के भक्त थे। हर समय शिव को जपना, बस, दोनों की यही दिनचर्या थी।

ग़रीब ब्राह्मण होते हुए भी वह अपना और अपनी पत्नी का पेट भरने के लिए नाव खेता था। उससे जो कुछ आमदनी होती दोनों गुज़ारा कर लेते। लोगों को नदी पार कराने पर थोड़ा बहुत पैसा मिलता, उससे कठिनाई से दो वक़्त का गुज़ारा चलता, तो भी वे साधु-सन्तों की सेवा करना अपना परम-धर्म समझते थे। उनकी धारणा थी कि सन्तों की सेवा करने से भगवान शिव प्रसन्न रहते हैं और भक्तों को दर्शन देकर उनका उद्धार करते हैं।

ब्राह्मण का नाम गंगा भावड़िया और उसकी पत्नी देवगिरि यम्मा थी। दोनों बड़े प्रेम से अपने दिन काट रहे थे। एक दिन गंगा घर आकर खाना खाकर सोने की तैयारी कर रहा था, तभी ज़ोर का आंधी-तूफ़ान आने की आशंका होने लगी। देखते-ही-देखते आकाश से बूंदें बरसने लगीं। थोड़ी ही देर में तेज़ वर्षा होने लगी। गंगा भावड़िया घबरा कर खड़ा हो गया। उसकी पत्नी ने उसकी ओर

देखकर उससे उसकी घबराहट का कारण पूछा। गंगा भावड़िया से एक भूल हो गई थी। आज वह अपनी नाव को पुरानी रस्सी से बांध कर हलके से पत्थर के सहारे छोड़ आया था, क्योंकि शाम के समय मौसम बिल्कुल साफ़ जो था। वर्षा तेज़ी पकड़ती जा रही थी, गंगा सोच में डूबा था कि अगर वह इस समय नदी पर न गया, तो नाव नदी में बह जाएगी। दूसरी नाव ख़रीदना उसके बस से बाहर था।

उसने अधिक सोचना ठीक न समझा और तेज़ी से नदी की ओर चल दिया। पत्नी ने घर के खिड़की-दरवाज़े बंद कर लिए और भगवान से प्रार्थना करने लगी।

बारिश ने तूफ़ानी रूप धारण कर लिया था। लाठी के सहारे नए रस्से को संभाले गंगा चला जा रहा था। पानी उसके घुटनों तक चढ़ आया था। वह किसी तरह नदी किनारे पहुंचा। अपनी नाव को किनारे पर पा उसने शिवजी को प्रणाम किया और नए रस्से से उसे बांधने लगा।

इधर गंगा भावड़िया की पत्नी पलंग पर लेट गई। उसे पति की चिंता सता रही थी। तभी दरवाज़ा खटखटाने की आवाज़ सुनाई पड़ी। उसने समझा कि शायद उसका पति इस वर्षा के कारण नदी तक न जाकर लौट आया है। देवगिरि यम्मा ने द्वार खोला उसने देखा कि एक बूढ़ा भीगे कपड़ों में उसके दरवाज़े पर था। जो पूरी तरह भीगने के कारण कांप रहा था। देवगिरि यम्मा ने उसे प्रणाम किया और भीतर आने को कहा। देवगिरि ने उसे अंगोछा दिया और शरीर पोंछने को कहा व भोजन तैयार करने लगी। तभी उस बूढ़े व्यक्ति ने कहा कि इस गांव में उसे किसी

ने आसरा नहीं दिया। केवल तू ही एक देवी है, जिसे इस बूढ़े पर दया आई। सौभाग्यवती हो। पुत्रवती हो। देवगिरि ने बाबा को गर्मागरम भोजन कराया। बाबा के लिए एक खाट बिछाई और विश्राम करने को कहा।

थोड़ी ही देर बाद फिर बूढ़े व्यक्ति ने देवगिरि को पुकारा। वह अपने कोठरे में से बाहर आई। उसने पुकारने का कारण पूछा, बूढ़े व्यक्ति ने बताया कि भीगने के कारण उसे ताप चढ़ गया है। शरीर में दर्द हो रहा है पुत्री, तू तनिक मेरा सिर व शरीर दबा दे। देवगिरि धर्म संकट में पड़ गई। न तो वह बूढ़ा उसका कोई सगा-सम्बन्धी था और न ही वह उसे जानती थी। वह एक अत्यंत पवित्र विचारों वाली पतिव्रता औरत थी, परपुरुष को छूना अपना धर्म बिगाड़ना था। देवगिरि भीतर गई, पिछला द्वार खोला कि किसी को पास पड़ोस में से बुला ले। उसने द्वार खोला, तो देखा दूर तक कोई नहीं है। सामने पेड़ के नीचे एक बुढ़िया खड़ी भीग रही है। द्वार खुलने की आहट सुन वह बूढ़ी उधर ही दौड़ी चली आई। वह पूरी तरह भीग चुकी थी। बुढ़िया ने अन्दर आने के लिए प्रार्थना की, देवगिरि ने उसे अन्दर बुला लिया। उसे एक सूखा धोती ब्लाउज़ दे दिया। कपड़े बदल कर बूढ़ी औरत ने चैन की सांस ली। उसने देवगिरि से उसकी बेचैनी का कारण पूछा। उसने बूढ़े की बात बता दी। बुढ़िया ने बूढ़े का सिर दबाना स्वीकार कर लिया। बूढ़ी दूसरे कोठे में चली गई। अब देवगिरि अपने बिस्तर पर लेट कर शिव जी से अपने पति की रक्षा के लिए प्रार्थना करने लगी।

दूसरे कोठे में पार्वती माता और भोले शंकर आपस में बातें

कर रहे थे। माता पार्वती, शंकर जी को बड़े ही प्रेम से भक्तों की परीक्षा न लेने को समझा रही थीं, उनसे विनती कर रही थीं कि अब इनकी परीक्षा पूरी हो गई है, अब इन्हें दर्शन दे दो। यह हमारे सच्चे भक्त हैं, उठते-बैठते हमारा नाम जपते हैं। महादेव ने पार्वती जी की बात मान ली और अपने असली रूप में आ गए। गौरा जी भी अपने असली रूप में आ गईं। देवगिरि के द्वार को खोल दोनों उसके सामने प्रकट हो गए। देवगिरि ने जब गौरा-भोले को देखा, तो उसकी आंखें फटी की फटी रह गईं। वह अवाक् उन्हें देख रही थी। मुंह से बस इतना ही निकला, "मेरे पूर्व-जन्म के पुण्यों का फल आज मिला, जो मां व भोले के साक्षात दर्शन हुए।" इतना कहकर देवगिरि उनके चरणों में गिर पड़ी और आंखों से आंसुओं की धार बहने लगी। "उठो पुत्री हम तुम से बहुत प्रसन्न हैं। तुम ग़रीब होते हुए भी साधु-सन्तों की सेवा करती हो, अतिथियों का सत्कार करती हो। हम तुम्हें वरदान देते हैं कि दो सन्तानों के बाद तीसरे पुत्र के रूप में मैं स्वयं तुम्हारे गर्भ से जन्म लूंगा।" इतना कह कर वे दोनों अन्तर्धान हो गए।

जब देवगिरि सचेत हुई, तब उसे सब कुछ सपने जैसा लगा। सच जानने के लिए उसने दूसरे कोठे में जाकर देखा, तो वहां बिस्तर लगा हुआ था। चूल्हे के पास बर्तन फैले थे। तब जाकर उसे कुछ सच लगा। इस समय उसका पति भी सकुशल लौट आया था। अपने पति को उसने सारी घटना सुना दी। यहां तक कि उसने शिव जी के दिए गए वरदान के बारे में भी बता दिया। गंगा भावड़िया ने जब यह सब सुना तो वह उदास हो गया। उसे दुःख हो रहा था कि नाव बचाने के लालच में वह नदी पर चला

गया, घर आए भगवान के दर्शन न कर सका। उसका मन उचाट हो गया। उसने घर त्यागने का निश्चय कर लिया। अपनी पत्नी से अपने मन की बात कह डाली। उसकी पत्नी रोने लगी और बिना सहारे के वह अकेली कैसे रहेगी, यह सब कहकर मिन्नतें करने लगीं। बड़ी कठिनाई से मिन्नतें कर उसने पति को रोका।

थोड़े ही दिन बाद उसने दो जुड़वा बच्चों को जन्म दिया और उनके लालन-पालन में लग गई। अब दो जुड़वा बच्चों के पैदा होने से घर में खुशी की लहर दौड़ गई। गंगा भावड़िया के मन में अब भी दुविधा थी, जिससे वह ज़्यादा समय नदी किनारे बिताने लगा और भगवान शिव की उपासना और अधिक करने लगा। बस अब वह यही चाहता था कि भगवान के दर्शन उसे शीघ्र हो जाएं। किन्तु शिव के दर्शन न होने पर वह और भी उदास रहने लगा। पत्नी से घर छोड़ कर जंगल में जाने की ज़िद करने लगा। पत्नी ने बहुत समझाया कि भगवान को जब दर्शन देने होंगे, घर बैठे ही दर्शन हो जाएंगे।

समय बीतता गया और देवगिरि पुनः गर्भवती हो गई, लेकिन गंगा का मन अब भी भगवान के दर्शनों के लिए तड़प रहा था। पत्नी के कहने पर कि मेरे पेट से स्वयं भगवान शिव जन्म लेने वाले हैं, तब भी गंगा भावड़िया के मन में दुविधा ही बनी रही। उसके जीवन में घोर परिवर्तन हो चुका था। उसने सब-कुछ त्याग कर भगवान के दर्शन करने का दृढ़ निश्चय कर लिया और एक दिन वह अपनी पत्नी व दोनों बच्चों की अविरल अश्रु-धारा को लांघकर जंगल की ओर निकल पड़ा। पत्नी का रो-रो कर बुरा हाल हो गया। वह लाचार पति को कहां ढूंढें। खाने का अभाव

होने लगा। दोनों बच्चों के साथ भूखों मरने की नौबत आ गई। अब वह अपने मन को पक्का कर चुकी थी कि वह किसी भी तरह अपने पति को ढूंढ कर ही रहेगी। उसने अपने पड़ोस की महिला से बात की। पड़ोसिन कुछ ना-नुकर के बाद बच्चों को अपने पास रखने को तैयार हो गई। अब देवगिरि ने जंगल-जंगल ढूंढ़ने के लिए मन पक्का कर लिया था। बच्चों को छोड़ कर वह जंगल में भटकने लगी। कुछ खाने को मिल जाता, खा लेती। सारे समय ओम् नमः शिवायः जपती व चलती जाती। गर्भ में शिशु पल रहा था। समय बढ़ता जा रहा था। ईश्वर ने उसकी प्रार्थना सुन ली और उसे एक पेड़ के नीचे अपना पति समाधि लगाए दिखाई दिया। वह उसके चरणों में गिरकर रोने लगी। पति से घर चलने का आग्रह करने लगी, किन्तु पति ने लौटने से मना कर दिया। देवगिरि ने अपने पति से थोड़ी दूर पर अपने लिए एक कुटिया बना ली। वह भी जंगल में रहने लगी। उसका पति संसार की माया मोह को त्याग चुका था। एक दिन वह चुपके से वहां से भी चला गया।

अब देवगिरि जंगल में अकेली रह गई। वह हैरान-परेशान होकर अपने पति को फिर जंगल में ढूंढने निकली ही थी कि रास्ते में उसे प्रसव वेदना होने लगी। जब दूर तक कोई दिखाई नहीं दिया, तब वह लाचार हो एक पेड़ के नीचे बैठ गई। इस पेड़ के नीचे ही देवगिरि के तीसरे पुत्र ने जन्म लिया। एक मिट्टी के टूटे ठीकरे से उसने बच्चे का नाल काटा और अपनी धोती फाड़कर नाल में बांध दी। सरक-सरक कर वह पास बहती नदी पर पहुंच गई और बच्चे को नहलाया। गोद में बच्चे को उठाकर वह लड़खड़ाई,

कमज़ोरी के कारण उठ न सकी वहीं लेट गई। कुछ देर सुस्ताने के बाद बच्चे को उठा वह फिर चल दी। ऊबड़-खाबड़ रास्तों पर गिरती-संभलती पति की तलाश में चली जा रही थी। एक ढलान पर उतरते समय उसका पैर फिसल गया और वह नीचे गिर पड़ी। बच्चा उसके हाथों से छूट कर दूर जा गिरा। यह संयोग की बात है कि इतने ऊंचे से गिरने के बाद भी बच्चे का बाल बांका न हुआ, देवगिरि भगवान का नाम लेते-लेते ही स्वर्ग सिधार गई।

बालक कभी रोता कभी चुप हो जाता। इस प्रयास में उसके हाथ का अंगूठा मुंह में पहुंच गया, लेटे हुआ बच्चा अंगूठा चूस रहा था। तभी एक राहगीर बैलगाड़ी लेकर वहां से गुज़र रहा था, उनमें एक महिला भी थी। आगे बच्चा पड़ा देख गाड़ी वाले ने गाड़ी रोक कर बच्चे को उठा लिया, बच्चा बहुत सुंदर था। बालक को उठा कर उसने अपनी पत्नी को दे दिया। इस सूने जंगल में उसे दूर तक कोई दिखाई न दिया। भगवान की लीला समझ उसने गाड़ी आगे बढ़ा दी। दो दिन पूर्व ही उस औरत का बच्चा मर गया था। भगवान ने बिना कष्ट उठाए उसकी सूनी गोद फिर से भर दी। उसकी गोद में आ बालक रोने लगा। उसने उस बालक को स्तन पान कराया। बालक दूध पीकर चुप हो गया। इस बालक का नाम उन्होंने बाबू रखा। बाबू अन्य बालकों से अलग था। उसका चेहरा बहुत आकर्षक था, उसके उन्नत ललाट से तेज की किरणें इस प्रकार प्रस्फुटित हो रही थीं, जिस प्रकार सूर्य की किरणें प्रस्फुटित होती हैं। एक अलग ही चमक उसके मुख पर दिखाई देती थी।

समय चक्र चलता रहा और धीरे-धीरे बालक चार वर्ष का हो

गया। एक दिन उस किसान को ज्वर हो गया। ज्वर ने इतना विकराल रूप धारण कर लिया कि कोई भी दवा काम न आई और वह किसान मृत्यु को प्राप्त हो गया। अब किसान की पत्नी का एक मात्र सहारा वह बच्चा ही था। बच्चा बहुत शरारती था, दिन पर दिन उसकी शरारतें बढ़ती जा रही थीं।

बचपन की शरारतें

धीरे-धीरे बाबू बड़ा होने लगा। अब वह पास-पड़ोस के बच्चों के साथ खेलने लगा था। वह बच्चों का प्यारा था, लेकिन वह बच्चों को बहुत तंग करता था। बच्चे अपने घर में शिकायत करते थे और उनकी मां बाबू की मां के पास एक के बाद एक शिकायतें लेकर आती थीं। कोई दिन ऐसा न जाता जब औरतें आकर उसे बुरा भला न कहतीं। बाबू की मां उसे समझा-समझा कर थक चुकी थी, लेकिन वह मानता ही नहीं था।

सारे दिन गोलियां (कंचे) खेलना और साथी लड़कों से झगड़ना। कंचों का खेल छूटता तो गुल्ली डंडा का खेल शुरू कर देता। बस सारा दिन इस तरह ही गुज़ार देता। कंचे जीतने के बाद बच्चों को वापिस न करता था। एक दिन एक बच्चा जिसका नाम भीम था अपने सारे कंचे हार गया। उसने बाबू से और खेलने के लिए कंचे उधार मांगे। बाबू ने उधार कंचे देने को भी मना कर दिया। बालक घर गया भीतर जाकर देखा उसे अपनी मां के मन्दिर में ये मोटा काला कंचा सा दिखाई दिया। वह उसे लेकर फिर बाबू के पास गया। अब बाबू गुल्ली डंडा खेल रहा था। भीम कंचा हार गया था उसने फिर खेलने की ज़िद की, किन्तु बाबू मना

करता रहा। उसके बहुत ज़िद करने पर बाबू खेलने को तैयार हो गया। वास्तव में वह काला पत्थर शालिगराम था। वह पूजा घर में रखा हुआ था। थोड़ी ही देर में वह बच्चा शालिगराम को भी हार गया। बालक भीम ने उस पत्थर को बहुत मांगा, किन्तु बाबू ने उसे नहीं दिया।

बालक भीम निराश होकर अपने घर लौट गया। घर में आकर वह रोने लगा, उसने सोचा मन्दिर में रखी वस्तु पूजने की कोई चीज़ ही होगी। मां ने आकर देखा कि भीम रो रहा है। मां ने रोने का कारण पूछा। लड़के ने बताया कि पूजा घर से पत्थर लेकर मैं बाबू के साथ खेल रहा था, बाबू ने मेरा पत्थर छीन लिया। मां ने पहले तो अपने पूजा घर में देखा, वहां शालिगराम को न देख बहुत क्रोध आया, पहले तो उसने अपने पुत्र को मारा और बिफ़रती हुई बाबू के घर पहुंच गई। बाबू से उसने अपना शालिगराम मांगा, लेकिन बाबू ने उसे जीती हुई चीज़ बता कर देने से मना कर दिया। भीम की मां ने बाबू को पकड़ लिया, उसका मुंह खोलने लगी। बड़ी कठिनाई से बाबू का मुंह पकड़ कर खोला। आश्चर्य से भीम की मां का चेहरा पीला पड़ गया। उसने बाबू के मुंह में भगवान का विराट रूप देखा। भीम की मां बाबू का मुंह छोड़ उसके पैरों से लिपट गई और क्षमा मांगने लगी। भीम की मां ने यह घटना सारे गांव वालों को बता दी।

स्वभाव में बदलाव

इस घटना के बाद बाबू सब बच्चों से अलग रहने लगा। वह अब बच्चों के साथ नहीं खेलता था, वरन् वह एकान्त की तलाश करता था। जहां उसे कोई दिखाई नहीं देता, वहां बैठा रहता। शाम ढले अपने घर लौट आता। यह बदलाव देख कर मां भी शान्त हो गई, उसने यही सोच लिया था कि जैसे बाबू बड़ा होगा सुधर जाएगा।

अब वह गांव की मस्जिद में जाने लगा। वहां वह मस्जिद के आंगन में बैठ जाता, शिवलिंग सामने रखता और भगवान शिव की बड़ी तन्मयता के साथ पूजा आराधना करता व आरती गाता। यह सब मस्जिद में नमाज़ पढ़ने आने वाले लोगों को अच्छा न लगता। बच्चा समझ कर वे उससे कुछ कहते तो नहीं थे, किन्तु उसे बच्चा समझ वहां से भगा देते। शाम होते-होते वह मन्दिर चला जाता, वहां जाकर आरती के समय कुरान की आयतें (श्लोक) ज़ोर-ज़ोर से पढ़ने लगता। मन्दिर के पुजारी व मन्दिर में आने वाले लोग परेशान हो जाते और बाबू को मन्दिर के बाहर खदेड़ आते, लेकिन बाबू पर इन सब का कोई असर न होता। वह रोज़ ही मस्जिद में पहुंच जाता, शाम को आरती के

समय मन्दिर में। हिन्दू-मुसलमानों को लगा कि कोई व्यक्ति बाबू से यह सब करवा रहा है। यही सब सोचकर उन लोगों के धैर्य का बांध टूट गया। वे लोग बाबू की मां के पास गए, उन्होंने बाबू की शिकायत की, किन्तु बाबू न माना। वह नमाज़ के समय मस्जिद में जाकर शिवलिंग रखता और वहीं आरतियों का क्रम शुरू कर देता। यही क्रम वह मन्दिर में दोहराता। अब वह लोगों

से कहने लगा, "अल्लाह ही भगवान है उसका नूर हर तरफ़ फैला हुआ है।" मस्जिद में जाकर कहता, "राम ही अल्लाह है। शिव ही परवरदिगार है।"

बाबू के इन ऊटपटांग उपदेशों से लोग बहुत नाराज़ होते, इन बातों से हिन्दू-मुसलमानों में मनमुटाव बढ़ने लगा। अतः बाबू के गांव में कितने ही दुश्मन बन गए। अब उसकी मां को डर होने लगा कि कोई भी बाबू की जान ले सकता है।

बाबू की मां का कोई और सहारा नहीं था। पति भगवान को प्यारा हो चुका था। उस समय बाबू की उम्र लभगभ 8 वर्ष हो चुकी थी। अब मां बेचारी क्या करती? यदि बाबू को किसी ने मार दिया, तो वह बेसहारा होकर कैसे जी पाएगी। उसकी मां ने बाबू को किसी आश्रम में भेजने का निश्चय किया।

पास के एक गांव में एक अनाथ-आश्रम था। जिसकी देखभाल संन्यासी वैकुंठ महाराज किया करते थे। इस आश्रम में काफी बच्चे थे, जो आसपास से भिक्षा मांग कर लाते। इस तरह सभी आश्रम में रहते थे, जो कमी रह जाती वह आश्रम की ओर से पूरी कर दी जाती। बाबू की मां ने जब उस आश्रम के विषय में सुना, तब उसने उस आश्रम में बाबू को छोड़ने का निश्चय कर लिया।

वैकुंठ महाराज ने सभी कुछ त्याग कर संन्यास ले लिया था। वे शिव के परम भक्त थे। रात को उन्हें सपना आया कि भगवान शिव कल उसके आश्रम में आएंगे और वहीं वास करेंगे। वैकुंठ जी की नींद टूट गई और वह इस सपने से बेचैन होकर रात भर सो न सके। सवेरे स्नान-ध्यान से निपट वे प्रतीक्षा करने लगे कि न जाने कब भगवान के दर्शन हो जाएं। वे विचार ही रहे थे कि

बाबू की मां बाबू को साथ लेकर आश्रम में आई। दोनों ने वैकुंठ महाराज को प्रणाम किया। बैठने के बाद बाबू की मां ने बताया कि ये बालक हिन्दू-मुसलमान दोनों ही सम्प्रदाय की भावनाओं को ठेस पहुंचाने वाले उपदेश देता है और मन्दिर-मस्जिद वाली सारी घटना बताते हुए कहा, "महाराज अब बाबू का जीवन खतरे में है। मैंने इसे अपनी कोख से तो जन्म नहीं दिया है, लेकिन अपने बेटे की तरह पाला है। मैं नहीं चाहती कि इसका अहित हो।" यह कह मां फूट-फूट कर रोने लगी। वैकुंठ महाराज ने उसकी मां को तसल्ली दी और उसका पूरी तरह पालन-पोषण व शिक्षा की ज़िम्मेदारी ले ली। मां ने देखा वैकुंठ महाराज ने बाबू को सीने से लगा लिया। आंखों से आंसू बहने लगे। मां ने परिस्थितियों से समझौता कर लिया था। ममता ने कई बार मां को रोने पर मजबूर किया, लेकिन उसने अपने मन पर काबू रखा, यदि ऐसा न करती तो बाबू की हरकतों को देख कर कोई भी उसे मार देता। बाबू को आश्रम में छोड़ कर वह चली गई। जब वैकुंठ महाराज ने बाबू का चेहरा देखा, तो उन्हें साक्षात् शिव के दर्शन हुए। वे बाबू के चरणों से लिपट गए।

बाबू को आश्रम में ख़तरा

आश्रम के विद्यार्थियों को वैकुंठ जी वह प्यार न दे पाते थे, जो बाबू को मिलता था। वह हमेशा इस प्रयास में रहते कि बाबू को कोई दुःख न पहुंचे। वे उसका सम्मान करते और भगवान की तरह उसका आदर करते। वैकुंठ जी के मन में बाबू के लिए अपार सम्मान की भावना थी। इस प्रेम को देख आश्रम के सारे विद्यार्थी बाबू से ईर्ष्या रखते, उन्हें गुरु जी का यह व्यवहार पसन्द न आता। वे गुरु जी के सामने तो, कुछ न कहते, लेकिन जब गुरु जी आश्रम में न होते तो वे सभी बाबू से झगड़ा व मार पिटाई करते। वे यह चाहते थे कि बाबू आश्रम से भाग जाए। कोई भी यह नहीं चाहता था कि बाबू आश्रम में रहे।

इतना सब होने के बाद भी बाबू ने गुरु से कभी शिकायत न की और न ही कभी बदले की भावना उसके दिल में आई। बाबू उन विद्यार्थियों के स्वभाव की कमियां समझ कर माफ़ कर देता था। बाबू सभी के साथ काम करता था। एक बार गुरु जी ने शिष्यों को जंगल से लकड़ियां व बिल्व-पत्र लाने को कहा। सभी विद्यार्थी जंगल की ओर चल दिए। बाबू भी उन सब के साथ था। जंगल में सभी एक दूसरे से अलग हो गए। एक घंटे

बाद सभी एकजुट हो गए और निर्णय करने लगे कि आज बाबू पर प्रहार करना है। लौट कर गुरु जी से झूठ कह देंगे कि बाबू हमारे साथ नहीं आया। लड़कों ने बाबू को ढूंढ कर, उस पर पीछे से वार किया और लात घूंसे बजाए। जब बाबू बेहोश हो गया तो उसे मृत समझ छोड़ आए। सभी ने सोचा कि अब बाबू कभी नहीं लौटेगा। बाबू गुरु जी को बहुत प्रिय था। वे उसे अन्य शिष्यों के साथ न पाकर विद्यार्थियों से उसके न आने का कारण पूछने लगे। सभी ने कहा, "गुरु जी वह हमारे साथ नहीं आया।" गुरु जी भयभीत हो गए कि कहीं बाबू को कोई जंगली जानवर न खा गया हो। सभी शिष्यों के साथ गुरु जी बाबू को जंगल में खोजने लगे। थोड़े ही समय बाद बाबू अचेत पड़ा मिला। उसके सिर से खून बह रहा था। शरीर पर जगह-जगह चोटों के निशान थे। अचेत अवस्था में गुरु जी उसे आश्रम में ले आए, उसे स्नान कराया। जब बाबू कुछ सचेत हुआ तब गुरु जी ने बाबू से पूछा, "तुम्हारी यह दशा किसने की।"

बाबू ने उत्तर दिया, "कुछ नासमझ लोगों ने मुझ पर पीछे से वार किया था।"

"क्या तुम उन्हें पहचान सकोगे?" गुरु जी ने फिर पूछा।

बाबू ने कहा, "मैं उन्हें नहीं जानता गुरुदेव!"

डरे सहमे सभी शिष्य आश्चर्य-चकित थे। वे सोच रहे थे कि बाबू सब का नाम लेगा। सभी को गुरु जी का क्रोध भोगना पड़ेगा और साथ ही दण्डित भी होंगे। बाबू के जख्मों पर गुरु जी ने मरहम लगाया और उसे विश्राम करने को कहा।

इस घटना के बाद बाबू का दिल उचाट हो गया। अब वह यहां एक क्षण भी रहना नहीं चाहता था। एक दिन बाबू ने गुरु जी से आश्रम छोड़कर जाने की अपनी इच्छा बताई।

शिरडी में आना

बाबू ने वैकुंठ जी के आश्रम में लगभग छः वर्ष गुज़ारे। अब वह जवान हो चुका था। सुंदर नयन-नक्श वाला एक रूपवान नौजवान लड़का, उसे जो भी देखता बस देखता ही रह जाता। बाबू की आंखों में एक अजीब-सा खिंचाव था। वह अब इस आश्रम से जाना चाहता था। अपने गुरुदेव के पास जाकर बड़ी ही शिष्टता से उसने अपने मन की बात गुरु के सामने रखी। पहले तो गुरु जी ने कुछ मन में सोचा फिर उससे पूछा, "कहां जाओगे?" तब बाबू ने शिरडी गांव जाने की बात कही। गुरु जी ने सोचा शिरडी गांव पास ही है, वहां जाकर मैं भी उसकी ख़ैर-ख़बर लेता रहूंगा और वैसे भी अब बाबू समझदार हो चुका। वह एकांत प्रिय था। आश्रम में उनका शिष्य था। गुरु जी ने बाबू को शिरडी जाने की आज्ञा दे दी। गुरु जी का आशीर्वाद ले बाबू रात ही में शिरडी गांव पहुंच गया।

गांव के द्वार पर सुबह ने दस्तक दी, सूरज ने हल्की उषा की लाली से पेड़ों का सिंगार किया। पक्षियों ने अपने कलरव में ईश वन्दना का संदेश दिया। गांव में लोग जागने लगे थे। जंगल में जाने वाले लोगों ने देखा एक सुंदर युवक नीम के पेड़ के नीचे एक

पत्थर पर बैठा था। सुबह की लाली ने युवक के चेहरे को कुछ और लालिमा दे दी थी। लोग उसे बड़े ध्यान से देख रहे थे। जैसी जिसकी भावना थी, बाबू उसको उसी तरह दिखाई दिया। किसी को वह बालरूप में दिखाई दे रहा था। किसी को सुंदर युवक और किसी को वह एक बूढ़े के रूप में दिखाई दिया। उसके सिर पर एक रूमाल बंधा था। एक लंबा कुर्ता और कुर्ते के नीचे तहमद (छोटी धोती) था। उसके हाथ में कोई चीज़ कपड़े में लिपटी हुई थी। बाबू एक पत्थर पर कुछ इस ढंग से बैठा था कि उसका एक पैर ज़मीन पर था और दूसरा पैर पहले पैर के घुटने पर। गांव के लोग इस युवक को देखने के लिए जमा होते गए।

तभी एक सुंदर घोड़े पर सवार होकर, गांव का जागीरदार वहां आ पहुंचा। वह बहुत परेशान था। उसके चेहरे पर परेशानी के भाव स्पष्ट दिखाई दे रहे थे। उसने भीड़ को देखा और अपना घोड़ा रोक लिया। उसने भी उस युवक को देखा जो मौन बैठा था। किसी भी व्यक्ति के प्रश्न का कोई जवाब उसने नहीं दिया था। लोग आपस में बातें कर रहे थे। कोई कह रहा था पागल है भटक कर इधर आ गया होगा। कोई सिर-फिरा समझ रहा था। तभी जागीरदार ने भीड़ की तरफ़ देखकर प्रश्न किया, “क्या इधर काले रंग का घोड़ा किसी ने देखा था।” पास के गांव का जागीरदार का काला घोड़ा जिसके माथे पर सफ़ेद तिलक का निशान था प्रातः से लापता था। अरबी नस्ल का सुंदर घोड़ा था। भीड़ में से कई व्यक्तियों का स्वर एक साथ उभरा, “नहीं हमने नहीं देखा।”

जो युवक अब तक मौन बैठा था और किसी की बात का

उत्तर नहीं दे रहा था अचानक बोल पड़ा, "आपका घोड़ा बुलवा दूं शायद वह भूखा था चारा खाने गया होगा।" जागीरदार जो अब तक घोड़े के लिए बहुत परेशान था उसने पूछा, " क्या तुम बुलवा सकते हो?"

"क्यों नहीं बुलवा सकता, यहीं बुलवा दूं क्या?" युवक ने कहा।

"यदि बुलवा दो, तो बड़ी कृपा होगी।" नवाब ने कहा।

युवक ने आसमान की ओर देखा और अपने अधरों में ही धीरे से कुछ कहा। सभी भीड़ में खड़े आदमी और उस जागीरदार के साथ आए सैनिकों ने भी देखा। युवक ने अपने दोनों हाथ आकाश की ओर उठाए, उसके हाथ गुलाबी थे, बड़े ही चमकीले हाथ थे, जिनसे अलौकिक प्रकाश-सा निकलता दिखलाई दिया। उसी समय सामने से एक घोड़ा चलता हुआ आया। भीड़ यह सब देखकर दंग रह गई। घोड़े की पहचान एक दम वैसी ही थी, जैसी उस जागीरदार ने बताई थी।

अब नवाब के मन में जिज्ञासा पैदा हुई, उसने युवक की ओर देखा और कहा, "महानुभाव आप कौन हैं? कहां से आए हैं?

"क्या आप जानते हो कि आप कौन हो और कहां से आए हैं?" युवक ने प्रश्न का उत्तर प्रश्न में बदल दिया।

नवाब ने उत्तर में बताया कि वह अपने बारे में जानता है कि वह पास के ही गांव का जागीरदार है। और अंग्रेज़ों ने खुश होकर उसे नवाब की उपाधि दी है और एक बड़ी जागीर दी है।

यह बात तो तुम जानते हो बस! इससे आगे तुम क्या ये सभी

लोग भी नहीं जानते हैं कि वे कौन हैं? और कहां से आए हैं? और कहां जाएंगे। लाखों लोगों में कोई एक जानता होगा कि वह कौन है? सारी भीड़ उसकी बातों से प्रभावित हो रही थी। युवक हंस रहा था। सभी इस बात को सुनकर सच को स्वीकार कर रहे थे। नवाब ने उस युवक को अपने साथ अपने घर ले जाने की बहुत मिन्नतें कीं, लेकिन युवक ने कहा कि वह यहीं ठीक है और खुश है।

शिरडी छोटा-सा गांव था। घर-घर में चर्चा उस युवक की हो रही थी। पुराने मन्दिर में नीम के नीचे बैठा युवक कोई सिद्ध पुरुष है। कोई पहुंचा हुआ सन्त है। कोई चमत्कारी पुरुष है। सारे गांव में यही चर्चा थी। सभी उसको देखने मन्दिर की ओर आने लगे। जय-जयकार करने लगे। पर वह टूटे मन्दिर में शान्त भाव से लेटा हुआ था।

सब लोग अपने दैनिक कार्यों में व्यस्त हो गए थे। दोपहर का समय हो चुका था। युवक ने उठकर इधर-उधर देखा। पास ही उसे एक मकान दिखाई दिया। युवक ने द्वार पर पहुंच, रोटी के लिए पुकारा। घर में एक स्त्री थी, उसने खाना लाने को कहा और अन्दर चली गई। वह महिला एक थाली में चार रोटियां और एक कटोरी में सब्जी लाई और थाली को चौकी पर रखा और उस युवक से खाना खाने का आग्रह करने लगी, किन्तु युवक ने रोटी पर साग रखवाया और लेकर चला गया। रास्ते में कुछ कुत्ते उसे देख रहे थे, उसने उन्हें भी साथ ले लिया और मन्दिर में बैठ कर खाना खाने लगा। साथ ही वह कुत्तों को भी रोटी डालता जाता था। खाना खाकर युवक ने अपने रूमाल को (जिसमें चोकोर चीज़ थी) सिर के नीचे रखा और लेट गया, फिर कुत्तों से कहा, 'तुम भी सो जाओ।' और वे भी लेट गए और आंखें बंद कर लीं।

सांझ घिर आई थी। पशु-पक्षी घर को लौटने लगे थे। धूल उड़ रही थी, तभी मस्जिद से आजान की आवाज़ आने लगी। युवक उठ कर बैठ गया और एक अभ्यस्त नमाज़ी की तरह मस्जिद में चला गया। उसने कुत्तों से भी कहा नमाज़ पढ़ने के लिए, लेकिन कुत्ते उसे देखते रहे।

दूसरे दिन गांव में उस युवक को लेकर फिर चर्चा होने लगी। कोई कहता वह मुसलमान है। हमने 'उसे मस्जिद में नमाज़ पढ़ते' देखा है। कुछ लोग कह रहे थे, मस्जिद में जाने पर कोई रोक थोड़े है। कभी भी जाकर काई भी बैठ जाता है, लेकिन इसका मतलब यह थोड़ा होता है कि, जो मस्जिद में जाता है वह मुसलमान हो जाता है। इस तरह यहां भी उसे कोई हिन्दू कहता कोई मुसलमान।

थोड़ी ही देर पहले लोगों ने उसे मन्दिर की साफ़-सफ़ाई करते देखा था। सब लोगों ने तय किया कि उसी से पूछा जाए कि वह हिन्दू है या मुसलमान। सब लोगों ने यह विचार कर उससे मिलने का विचार बनाया। कुछ मुसलमानों को भी साथ ले चलने की योजना बनाई। कुछ लोग युवक के पक्ष में बोल रहे थे, कुछ लोग उसके विरोध में। कुछ व्यक्ति ऐसे भी थे, जो उसको न हिन्दू मानते थे न मुसलमान। उनका कहना था कि वह सिर-फिरा है। सब लोग उससे मिलने के लिए पुराने मन्दिर में गए। देखते क्या है उस युवक ने शिवजी की एक मूर्ति रखी हुई है और संस्कृत के श्लोक पढ़ रहा है। संस्कृत के श्लोकों का इतना अच्छा पाठ कि लगता था कोई बड़ा पंडित पाठ कर रहा है। फिर उस युवक ने सारी मूर्तियां उस मन्दिर से हटा कर दूसरे मन्दिर में रखवा दीं। वहां केवल टूटा-फूटा खाली मन्दिर रह गया था।

गांव में एक पुजारी रहता था। धर्म के सारे काम-धाम ग्रामवासी उनसे ही करवाते थे। पंडित जी को बहुत चिंता हो रही थी। उन्होंने एक नया मन्दिर बनवाया था। पंडित जी सोच रहे थे कि यदि यह लड़का गांव में रहा, तो उनका सारा धंधा चौपट हो जाएगा

सारी दान-दक्षिणा पानी में बह जाएगी। गांव में वैद्य का कार्य भी वही पुजारी किया करता था। यदि इस युवक ने पुराने मन्दिर में नई मूर्ति स्थापित कर ली, तो सारे गांव वाले उसी मन्दिर में पूजा करने लगेंगे।

पंडित जी प्रचार करते फिर रहे थे कि जो लड़का नमाज़ पढ़ता है, उसे मन्दिर में न रहने दिया जाए। कुछ लोगों ने पंडित को समझाया कि पुराने मन्दिर में अब मूर्तियां भी नहीं हैं, उसे वहां

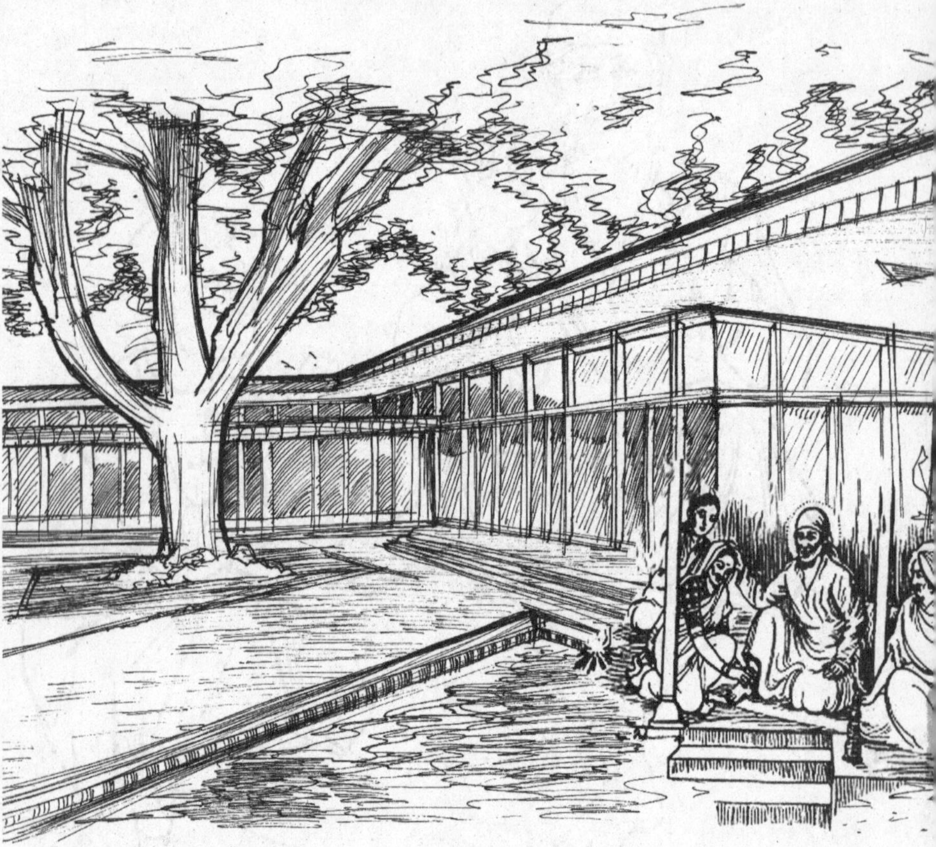

रहने दिया जाए, लेकिन पंडित जी सभी को भड़का रहे थे कि यदि वह मन्दिर में रहेगा तो मन्दिर भ्रष्ट हो जाएगा। चलो उसे मन्दिर से बाहर निकालें।

हिन्दू-मुसलमान सभी पुराने मन्दिर की ओर चल दिए। वहां जाकर देखा कि मन्दिर की सफ़ाई कर उस युवक ने बरांडे के अन्दर शिवलिंग रख रखा था। पास ही पूजा की सामग्री और फूल रखे हुए थे, वह भगवान शिव के भजनों को गा रहा था। भगवान शिव की पूजा में मग्न था।

मौलवी साहब ने पंडित जी से कहा, "कौन मूर्ख इसे मुसलमान कहेगा?"

इतनी भीड़ देख कुत्ते भौंक रहे थे, तभी पंडित जी ने क्रोध में भरकर उस युवक से प्रश्न किया, "तुम कौन हो?"

युवक प्रश्न-भरी दृष्टि से सभी को देख रहा था।

पंडित जी ने फिर एक प्रश्न किया, "तुम हिन्दू हो या मुसलमान?"

उस युवक ने प्रश्न का उत्तर प्रश्न से ही दे डाला।

"आपको क्या दिखाई देता हूं?"

"अब तो तुम हिन्दुओं की तरह भगवान शिव की पूजा कर रहे हो, किन्तु कल शाम तुम नमाज़ पढ़ रहे थे।" भीड़ में खड़े एक व्यक्ति ने पूछा।

इस बात का उत्तर युवक ने नहीं दिया।

उसी तरह गरजते हुए एक अन्य व्यक्ति ने कहा, "बोलते क्यों नहीं! कौन हो तुम हिन्दू कि मुसलमान?"

"न मैं मुसलमान न हिन्दू। केवल इंसान हूं।" युवक ने बड़ी गम्भीरता से उत्तर दिया।

"इसका अर्थ तो ये हुआ कि तुम्हारा कोई धर्म ही नहीं है।" पंडित ने फिर कहा।

"मैं सभी धर्मों का हूं और सभी धर्म मेरे हैं, सभी धर्मों का आदर करता हूं।"

"जिस आदमी का कोई धर्म नहीं, उसे इस गांव से जाना होगा। यहां नहीं रहने दिया जाएगा।"

उस भीड़ में पंडित जी ही सबसे अधिक बोल कर अपना गुस्सा प्रकट कर रहे थे।

अब युवक ने बड़े ही शान्त भाव से कहा था, "जो घर भगवान

का है उसकी दृष्टि में सब समान हैं। जिस स्थान पर धर्म के नाम पर कुछ लोग अपना उल्लू सीधा कर रहे हैं, ऐसे स्थान पर उस युवक को रहना स्वीकार नहीं था। युवक के लिए तो सारा संसार ईश्वर का घर था।

"मैं तो कहीं भी चला जाऊंगा अपना मन्दिर अपने पास रखो।" उस युवक ने शिवलिंग, फूल, पूजा की सामग्री उठाई और चलने लगा।

टूटे-फूटे मन्दिर से उस युवक को जाते देख कुछ लोग विचलित हो उठे। मन्दिर की साफ़-सफ़ाई देखकर लोग नहीं चाहते थे कि उस युवक को वहां से हटाया जाए, लेकिन पंडित जी की बातों के आगे किसी की कोई दलील न चली। एक वर्ग ऐसा भी था जो उस युवक का चमत्कार देख चुका था और वह इस इंसान को इस गांव से नहीं जाने देना चाहता था।

इस गांव में एक महिला रहती थी बड़ी ही नेक औरत थी। सबको दुलार करने वाली। उसने देखा, इस गांव में मन्दिर है। पूजा होती है। पंडित भी है, लेकिन यहां के मुसलमान इतने निर्धन हैं कि वे लोग अपनी नमाज़ नहीं पढ़ सकते। वे जुम्मे के दिन किसी साफ़ स्थान पर कपड़ा बिछाकर, चटाई बिछाकर नमाज़ पढ़ते थे। उसी प्रकार ईद, बक़रीद की नमाज़ भी वे इसी तरह पढ़ लेते थे। उस औरत के पास धन की कमी नहीं थी। उसने इस गांव में एक मस्जिद का निर्माण कराया था। उस महिला का नाम था द्वारिका माई। गांव के सभी लोग उस मस्जिद को द्वारिका माई मस्जिद कहते थे, वह एक हिन्दू स्त्री थी, लेकिन उसने खुदा का घर बनवाया था।

मौलवी साहब उस युवक और उसके विचारों से बहुत प्रभावित हुए। वे गांव के लोगों से कहकर उस युवक को अपने साथ द्वारिका माई मस्जिद ले गए।

वर्षों पुरानी यह मस्जिद टूट-फूट चुकी थी और वीरान पड़ी थी। इस मस्जिद को ठीक कराने में बहुत पैसा लगता, इस कारण लोगों ने गांव में दान (चंदा) से एक छोटी मस्जिद बनवा ली थी। वह मस्जिद वीरान पड़ी थी।

गांव के रघुनाथ और गोविन्द व अन्य लोगों ने उस युवक को उस मस्जिद में लाकर ठहरा दिया था। उस मस्जिद का झाड़-झंकाड़ उखाड़ फेंका था। मस्जिद की मीनारों को साफ़ कर दिया था। टूटे फर्श को कूट कर ठीक किया गया। दीवार के सहारे एक कोने में बोरियां बिछाकर एक आसन-सा बना दिया था। रघुनाथ और गोविन्द ने उस युवक से कहा, "साईं बाबा आप अपना आसन यहां जमाएं।"

वे दोनों युवक महाराष्ट्र के रहने वाले थे। उस युवक में (जिसका नाम अब साईं बाबा था) दोनों की अपार श्रद्धा भक्ति भाव भर गया था। 'साईं बाबा' कहने वाले वे पहले लोग थे। साईं बाबा को वहां ठहरा कर अब उन्हें बाबा की रोटी की चिंता थी। रघुनाथ और गोविन्द ने बाबा से कहा था कि दोनों समय वे बाबा का खाना अपने घर से भेजा करेंगे। इसके लिए बाबा तैयार न हुए। वे गांव के ही घरों से भिक्षा मांग कर जो कुछ भी मिलता उसी से पेट भरते।

गोविन्द और रघुनाथ ने गांव के और युवकों के साथ मिलकर द्वारिका माई मस्जिद को नया रूप दे दिया। सभी लोग इस कार्य

को पूरा कर के बहुत खुश नज़र आ रहे थे। वे दोनों साईं बाबा के पहले शिष्य थे। दामोदर बाबा के चरणों से लिपट गया था। वह साईं बाबा का आभारी था, उसने आज से अपना जीवन ही बदल डाला था। उसने बाबा से कहा, "आज से इंसान की सेवा करना ही मेरा धर्म होगा। मानव के कल्याण के लिए ही मेरा जीवन समर्पित होगा। बाबा आप ने मेरा जीवन ही बदल दिया है। आज मेरा नया जन्म हुआ है। मुझे सच्चा ज्ञान का मार्ग मिला है।"

बाबा ने उसे प्रेम से देखा और बताया कि जब आदमी को ज्ञान प्राप्त हो जाता है तभी उसका जन्म होता है। आदमी कई बार जन्म लेता है। हर बार वह नया इंसान बन जाता है। अच्छे कर्म उसे सच्चा इंसान बना देते हैं।

बाबा के पास अब काफी लोग आने लगे थे, अब उनकी प्रसिद्धि दूर-दूर तक फैल चुकी थी।

महामारी

गांव में अचानक बीमारी ने अपना भयंकर रूप धारण कर लिया था। चारों ओर से मौत की ख़बरों से लोगों में बड़ी दहशत फैली हुई थी। गांव-के-गांव खाली हो रहे थे। कोई घर ऐसा नहीं था, जिसने श्मशान को अपने परिवार के कई कई लोगों को भेंट न चढ़ा दिया हो। लोग साईं बाबा को बताते। साईं बाबा ने पहले ही कई दिनों से खाना-पीना छोड़ दिया था। वे किसी से भी बात न करते बस आकाश की ओर देखते रहते, उनके शिष्य किसी अनिष्ट की आशंका से परेशान थे। वे बाबा से पूछते, लेकिन साईं बाबा आकाश की ओर अंगुली उठाते। एक दिन बाबा ने अपना मौन भंग किया और अपने शिष्य से कल प्रातः बात करने को कहा, लोग बड़े सवेरे ही बाबा के पास पहुंच गए। वहां जाकर देखा कि बाबा चक्की में जौ पीस रहे हैं। चारों ओर जौ के आटे का ढेर लगा हुआ था।

साईं बाबा ने देखा शिष्य आ चुके हैं। बाबा ने उनसे कहा था कि एक बड़े कपड़े में ले जाओ और गांव की पूरी सीमा को बांध दो। शिष्यों ने सारे आटे को ले जाकर पूरी सीमा पर डाल आए। दोपहर को आकर साईं बाबा को बताया। धीरे-धीरे यह समाचार

चारों ओर फैल गया कि साईं बाबा ने महामारी से सुरक्षा के लिए शिरडी की सीमा को बांध दिया है। आसपास के गांव वाले साईं बाबा के पास आने लगे। लोग उलटी करते, पानी की तरह दस्त होते, दवा देने तक रोगी स्वर्ग सिधार जाता। साईं बाबा की चक्की की आवाज़ फिर मस्जिद की दीवार से टकराने लगी साईं बाबा ने फिर आटा तैयार करना शुरू कर दिया। अब दूसरे गांव के जो भी लोग आते साई बाबा उसे आटा दे देते, घर में छिड़कने को कहते इस प्रकार आस-पास के सभी गांवों से महामारी का प्रकोप समाप्त हो गया। जो व्यक्ति भी हैजे की चपेट में आने वाला था वह स्वस्थ हो गया।

इस समय सबसे अधिक नुक़सान में पंडित रहा। जब उसने सुना कि आसपास के गांव में महामारी फैली है तो उसे बड़ी

प्रसन्नता हुई थी कि अब तो गांव वाले दवा लेने उसके पास ही आएंगे। अब क्या करेगा साईं, लेकिन उसे बड़ी निराशा हुई जब आसपास के गांव में महामारी फैली, परन्तु शिरडी में कोई हैजे से पीड़ित भी नहीं हुआ। लोग शान्तिपूर्वक घर में रहते रहे। जो साईं बाबा की शोभा यात्रा बृहस्पतिवार को निकलती थी। वह साईं बाबा की यात्रा फिर से निकाली जाने लगी। सब ओर साईं बाबा की जय-जयकार फिर होने लगी। लोगों में साईं बाबा के प्रति और भी श्रद्धा उत्पन्न हो गई थी।

मिस्टर थॉमस की हार

यह वह समय था, जब ईसाई मिश्नरियों ने अपना प्रभाव चारों ओर जमा लिया था। अब ये मिश्नरियां गांव की ओर चल दी थीं। ईसाई भोले-भाले गांव वालों को लुभाने लगे थे। गांव पिछड़े हुए थे सीधे-सच्चे लोग ईसाइयों की बातों में आने लगे थे। हिन्दू या मुसलमान जो भी कुछ कहें, उसका विरोध न भी कर सको, तो उसे न मानो। चाहे वह बातें सही ही क्यों न हो। शिरडी गांव में एक गिरजाघर भी बना डाला था। प्रत्येक रविवार को अब प्रार्थना भी होने लगी। अब हिन्दू और मुस्लिमों में वैरभाव पनपने लगा, क्योंकि जिन लोगों ने ईसाई धर्म अपना लिया था, वे अब हिन्दू और मुसलमानों से बढ़कर अपने को समझते। उनके खान-पान और पहनावे में भी अन्तर आ गया था। ईसाई धर्म स्वीकार करने वाले कहते थे कि ईसा मसीह ही भगवान का पुत्र है। हिन्दू और मुसलमानों ने मनगढंत कहानियां बना रखी है। ईसाई धर्म के जो पादरी है वही बस सम्मान के लायक हैं। मिश्नरियों को विदेशों से सहायतार्थ धन आता था। गांव में एक अस्पताल भी खोल दिया गया था। वहां उन्हीं लोगों को दवा भी दी जाती। दवाई के साथ फल आदि खाने के लिए पैसा भी दिया जाता। ईसाई बनाने के लिए पूरे प्रलोभन थे।

जब लोग अस्पताल की दवा, इन्जेक्शन के लेने के बाद भी ठीक नहीं हो पाते, तो वे साईं बाबा की शरण में जाने लगे। इनमें अब ईसाई भी शामिल हो गए थे। साईं बाबा के लिए न कोई हिन्दू था न ईसाई न मुसलमान। उनके पास जो दुःख लेकर आता साईं बाबा अपनी भभूत उसे दे देते। भभूत से तेज़ी से असर होता और व्यक्ति मरते-मरते जी उठता। पादरी इस बात से बहुत क्रोधित थे। उन्होंने ईसाई धर्मवालों को डराया-धमकाया पैसे का लालच दिया। कड़ी चेतावनी दी गई कि यदि कोई इस बाबा के पास गया तो उसे मिश्नरी द्वारा दी जाने वाली सारी सुविधाएं समाप्त कर दी जाएंगी, किन्तु लोगों ने सारी बातें अनसुनी कर दीं, क्योंकि जब सामने मौत खड़ी हो, तब व्यक्ति पहले उससे बचने का प्रयास करता है। बाबा की भभूति से हर प्रकार का रोग भाग जाता और लोग स्वस्थ हो जाते। उन्हें सुविधाओं के छिन जाने का कोई भय नहीं था। जिएंगे तभी तो सुविधाओं का लाभ उठा सकेंगे।

जब लोगों पर अधिकारियों की डांट-फटकार का कोई प्रभाव न हुआ और शिरडी गांव में ईसाई धर्म का प्रचार भी न हो सका। तब मिशनरी के पादरी मि. थामस को एक तरकीब सूझी कि इस साईं बाबा को ढोंगी, जादूगर और धोखेबाज़ साबित कर दिया जाए और शिरडी गांव से निकलवा दिया जाएं। उन्होंने सोचा कि शिरडी जाकर भ्रम फैलाया जाए। यही सब तरकीब लेकर मि. थॉमस शिरडी पहुंचे। लोगों में झूठा प्रचार करने से पहले थॉमस ने बाबा से मिलना चाहा।

बाबा से मिलने के लिए बाबा की अनुमति लेनी पड़ती थी।

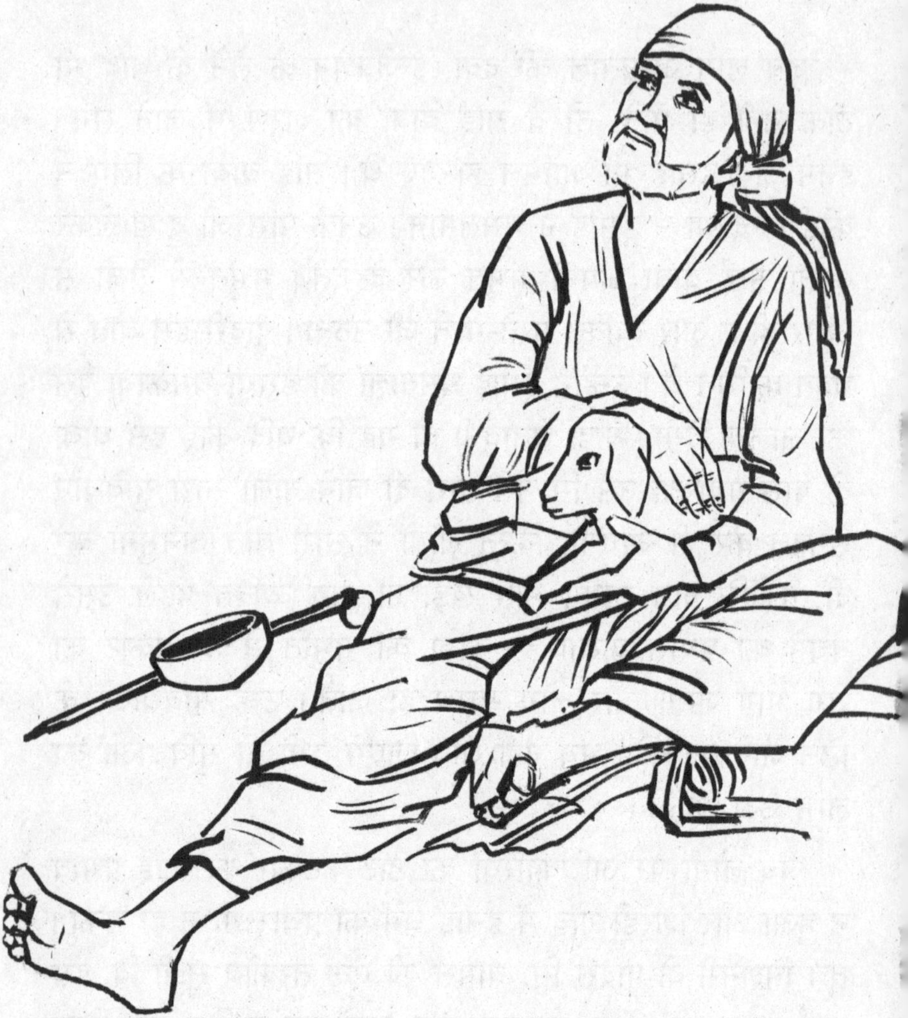

तो शिष्यों ने बाबा को ख़बर दी। अन्दर से दो तीन घंटे तक कोई समाचार नहीं मिला, थॉमस के क्रोध का पारा चढ़ने लगा। (अंग्रेज़ वैसे भी अपने आपको आम लोगों से ऊंचा समझते थे) उसने अपने को अपमानित महसूस किया। क्रोधित हो उसने बाबा के पास ख़बर भिजवाई कि यदि उसे अन्दर न बुलाया गया, तो

वह लौट जाएगा। भक्तों ने यह ख़बर साईं बाबा को दी। साईं बाबा ने थॉमस की बात सुनी मुस्कुरा कर शिष्य से बोले, "जो लोग घमण्डी होते हैं, लोगों में भेदभाव उत्पन्न करते हैं, दूसरे लोगों से नफ़रत करते हैं। मैं उनसे नहीं मिलना चाहता वे चले जाएं। यदि उन्हें किसी अनहोनी से बचना है, तो वे आज की रात यहीं रुक जाएं। मैं उनसे कल मिल लूंगा।" शिष्य ने आकर यह बात थॉमस को बता दी। रात में रुकने का आग्रह किया और भोजन आदि की व्यवस्था भी हो जाएगी। ये आश्वासन भी दिया।

किन्तु थॉमस क्रोध में आकर अनाप-सनाप बकते, पैर पटकते चले गए। रास्ते में स्टेशन के लिए तांगा किया और चल दिए। आधे रास्ते तक भी न पहुंच पाए थे कि घोड़ा बिदक गया और सरपट भागने लगा। सामने जाकर टकराया और मि. थॉमस तांगे के नीचे आकर लहुलुहान हो गए। रास्ता चलते लोगों ने मदद की और उनको अस्पताल पहुंचाया।

बेहोशी की हालत में मिस्टर थॉमस ने महसूस किया कि साईं बाबा उनके सरहाने खड़े हैं। प्यार से मि. थॉमस की पट्टियों पर हाथ फेर रहे हैं। बाबा के शब्द मि. थॉमस के कानों में पड़ रहे थे, "तुमने मुझ पर विश्वास नहीं किया। मैंने तुम्हें रुकने के लिए कहा था, लेकिन तुम नहीं रुके। आज मैंने तुम्हारी मदद की अन्यथा आज तुम्हारी मौत ज़रूर हो जाती।" इतना कहकर साईं बाबा अन्तर्धान हो गए। थॉमस की बेहोशी टूट गई। चारों ओर देखा, परन्तु कोई दिखाई नहीं दिया। कुछ दिन बाद मि. थॉमस को अस्पताल से छुट्टी मिल गई। मि. थॉमस ने शिरडी गांव की राह पकड़ी और सीधे द्वारिका माई मस्जिद पहुंचे, जाकर साईं

बाबा के चरणों में गिर गए। सभी लोग बड़े आश्चर्य से यह दृश्य देख रहे थे। एक पादरी ईसाई जो गांव में ईसाई धर्म फैलाने आया था, साईं बाबा से क्षमा मांग रहा था। गिड़गिड़ा रहा था। साईं की जय-जयकार कर रहा था। इस घटना की चर्चा दूर तक गांवों में पहुंची। अब लोग और अधिक संख्या में शिरडी गांव में आने लगे।

बेऔलादों की मुराद

सन्तान का सुख न होना एक सांसारिक अभिशाप है। उस औरत को सबसे बड़ी अभागिन समझा जाता है जिसकी कोख सूनी हो। किसी के घर में यदि कोई शुभ-कार्य चल रहा होता है तो निःसंतान औरत को नहीं बुलाया जाता। ऐसे ही एक दम्पति थे जो निःसंतान थे। संतान के चक्कर में उन्होंने चार विवाह किए, किन्तु किसी से भी संतान न हुई। वैद्य, डॉक्टरों से बहुत इलाज कराया, तीर्थों पर गए, साधु-सन्तों की सेवा की, कहीं से कुछ लाभ न हुआ।

गोपाल राव अच्छे खाते-पीते घर के थे। स्वयं भी इंस्पेक्टर के पद पर कार्यरत थे। एक दिन वह तैयार होकर ड्यूटी पर जा रहे थे। तैयार होकर जैसे ही पैर देहली पर रखा। सामने से एक महतर दम्पति किसी शुभ कार्य के लिए कहीं जा रहे थे। दोनों ने गोपाल राव को देख मुंह बिचकाया और आपस में बातें करने लगे, "सुबह-सवेरे निपूते का मुंह देखा है शाम तक न जाने क्या अशुभ होगा।" महतर ने कहा।

यह बात गोपाल राव के कानों तक पहुंची, "चलो आज घर वापिस चलते हैं कल और सवेरे निकलेंगे।" महतरानी ने महतर से कहा।

गोपाल राव यह सब सुनकर वापिस अपने कमरे में आकर लेट गए। थोड़ी देर बाद पत्नी कमरे में आई तो उसने गोपाल राव को लेटे देखा। उसने पति से उसकी तबीयत के विषय में पूछा। "तबीयत ठीक है" गोपाल राव ने उत्तर दिया। पत्नी प्रश्न पर प्रश्न किए जा रही थी। गोपाल राव ने महतर दम्पति वाली घटना सुना दी। पत्नी उदास हो गई। गोपाल राव ने पत्नी को काम करने के लिए भेज दिया।

बहुत देर तक शान्त लेटे रहे। उठकर उन्होंने अपना त्याग पत्र लिखा और पास पड़ी मेज़ पर रख दिया। मन में निश्चय किया कि सब कुछ छोड़ कर दूर हिमालय पर कहीं निकल जाएंगे और आंख मूंदकर लेट गए। न चैन था, न नींद, बस, करवटें बदलते रहे।

किसी ने द्वार पर कुण्डी बजाई, गोपाल राव ने कहा, "द्वार खुला है अन्दर आ जाओ।" आने वाला जब अन्दर आया तो गोपाल राव आने वाले को देख दंग रह गए। जल्दी से पलंग से उठकर उन्होंने आने वाले को गले लगा लिया। आने वाला उनका मित्र रामू था। गोपाल राव ने सपने में भी नहीं सोचा था इतनी सवेरे रामू आ जाएगा।

रामू ने बताया कि वह अपने किसी काम से अहमदाबाद जा रहा था, किन्तु गाड़ी में जैसे उसके कानों में कोई कह रहा था, "रामू यहीं उतर जा तेरा मित्र परेशान है तुझे याद कर रहा है।" बस उसके बाद रामू ने कुछ न सोचा और स्टेशन पर उतर कर अपने मित्र के घर पहुंच गया। इसी समय रामू की नज़र मेज़ पर

रखे काग़ज़ पर पड़ी। रामू ने काग़ज़ उठा कर देखा। गोपाल से राम ने पूछा, "यह सब क्या है?"

गोपाल राव ने अपने मित्र को सवेरे वाली पूरी घटना सुना दी। रामू ने सब सुना। अब तक रामू ने त्यागपत्र को फाड़ कर फेंक दिया था। रामू ने गोपाल राव से कहा, "हमें आज ही शिरडी चलना है।"

"क्यों भला?"

"वहां एक सिद्ध पुरुष हैं, जिसका नाम साईं बाबा हैं। उनके दर्शन करने चलते हैं।" राम ने कहा।

बहुत कहने पर गोपाल राव तैयार हो गए। दोनों जल्दी-जल्दी शिरडी गांव की राह पर चल दिए। सूरज ने अपनी यात्रा पूरी कर ली थी। पक्षियों ने अपनी वाणी में ईश्वर का गुणगान शुरू कर दिया था। गोधूली का समय था, जब दोनों मित्र शिरडी पहुंचे। साईं बाबा का पता पूछ कर दोनों द्वारिका माई मस्जिद पहुंचे। अन्दर बाबा अपने भक्तों के साथ बैठे थे। दोनों ने साईं बाबा को दण्डवत प्रणाम किया।

बाबा ने दोनों को एक साथ आशीर्वाद दिया। दोनों एक साथ आए थे, तो दोनों की मुरादें भी एक साथ पूरी होनी चाहिए। बाबा ने अपने एक भक्त, जो हज कर आए थे, उनसे प्रश्न किया, "हाजी सिद्दिकी तुम बुजुर्ग हो गए हो, एक प्रश्न का उत्तर दो, इन दोनों व्यक्तियों में हिन्दू कौन है और मुसलमान कौन है?"

हाजी सिद्दिकी इस प्रश्न का उत्तर खोज रहे थे। आज बाबा ने उनसे ऐसा प्रश्न कर डाला था, जिसका उत्तर देना आसान नहीं

था। थोड़ी देर सोचने के बाद हाजी जी ने कहा, "मुझे तो यह दोनों हिन्दू भी लगते हैं और मुसलमान भी।"

साईं बाबा मुस्कुराए और कहा, "तुम ठीक कहते हो यह दोनों हिन्दू भी हैं और मुसलमान भी।"

दरअसल रामू मुसलमान था। उसका असली नाम अहमद अली था, लेकिन उसे लोग रामू के नाम से पुकारने लगे थे।

दोनों ने साईं बाबा को अपनी व्यथा-कथा सुनाई। बाबा ने उनकी दुःख-भरी कहानी सुनकर उन्हें आशीर्वाद दिया कि अब से ठीक नौ माह पश्चात् दोनों को पुत्र प्राप्ति होगी।

और ठीक नौ महीने बाद दोनों मित्रों के घर पुत्र प्राप्ति हुई। दोनों के घरों में ख़ुशियां मनाई गईं। दोनों बाबा के चरणों में शीश नवाने गए। संयोगवश दोनों एक ही समय द्वारिका माई मस्जिद पहुंचे। दोनों गले मिले और दोनों ने एक दूसरे को बाबा के आशीर्वाद से पिता बन जाने की बधाई दी।

साईं बाबा के चमत्कार

ज़हर का वापिस टपकना

बाबा मस्जिद में बैठे थे कि शोर सुनाई पड़ा, काट लिया, सांप ने काट लिया। बाबा खड़े हो गए। बाहर से आवाज़ें आ रही थीं। दामोदर को सांप ने डस लिया।

दामोदर का शरीर नीला पड़ने लगा था। मुंह से झाग निकल रहे थे। बुरी तरह नींद आ रही थी। लोग शोर मचा रहे थे, 'सोने मत देना' एक आदमी कह रहा था, "सांप का काटा सोवे, बिच्छू का काटा रोवे।"

साईं बाबा बाहर आ चुके थे। लोगों से उन्होंने पूछा, "सांप कहां है?" सांप बिल में घुस चुका था।

"मत चढ़ो, मत चढ़ो।" साईं ने ज़ोर से कहा।

बाबा दामोदर के पास आकर उसके पैर पर घुटने से नीचे की ओर हाथ फेरने लगे। बाबा हाथ फेरते जाते और कहते जाते, "उतर जा, उतर जा।"

इतना कहते ही दामोदर के अंगूठे से नीले रंग का स्राव टपकने

लगा। यह उसी सर्प का जहर था जिसने थोड़ी देर पहले ही दामोदर के पैर को काटा था। जहर मस्तिष्क में न पहुंच कर नीचे टपक रहा था। सब लोग अचरज से यह सब देख रहे थे। थोड़ी ही देर में विष के स्थान पर से लाल खून आने लगा था।

सारे शरीर से विष निकल चुका था। दामोदर उठकर बैठ गया। बाबा के चरणों से लिपट गया, "आपने मुझे जीवन दान दिया है। आप महान हो बाबा।"

गांव भर में यह चर्चा फैल गई थी कि बाबा कोई सिद्ध-पुरुष हैं। सभी गुणगान कर रहे थे। दूसरे गांवों से भी लोग आने लगे थे। गांव में एक ही व्यक्ति ऐसा था, जो इस बात से दुःखी था, पंडित! उसने नए मन्दिर का निर्माण कराया था। एक अकेला इस गांव का वही पुरोहित था और वैद्य भी। पंडित जी की समझ में नहीं आ रहा था कि बिना मंत्र, जाप किए, बिना दवा के विष कैसे उतर सकता है। पंडित जी को इस में कोई बड़ी चाल लग रही थी। वह साईं बाबा को कोई बड़ा ढोंगी समझ रहा था। पंडित को बड़ी जलन हो रही थी। उधर लोगों ने दामोदर को जीवित देख साईं बाबा को कंधों पर उठा कर उनकी जय-जयकार शुरू कर दी थी। सारे गांव में खुशी का वातावरण था। पूरे गांव में साईं बाबा का जुलूस निकाला गया। पंडित लोगों को समझा रहे थे। कल का युवक सिद्ध-पुरुष कैसे हो सकता है। वे गांव के लोगों को मूर्ख कह रहे थे। सिद्धि प्राप्त करने के लिए घोर तपस्या करनी होती है। पूरा ही गांव उन्हें पागल लग रहा था। जहर तो सपेरा भी उतार देता है, तो क्या वह सिद्ध-पुरुष हो जाता है। लगता है वह सपेरों की जाति का है। पंडित जी लोगों को समझा नहीं पा रहे थे।

थोड़ी ही देर में ढोल, बाजों की आवाज़ें सुनाई देने लगीं। लोग जयकारा करते, नाचते गाते आ रहे थे। घरों के द्वार पर खड़ी औरतें साईं बाबा पर फूल बरसा रही थीं।

पंडित जी से यह सब सहन नहीं हो पाया तो वे अपने घर के भीतर चले गए। मन ही मन में साईं बाबा को कोस रहे थे,

"सारे गांव वाले उस छोकरे के पीछे लगे पड़े हैं। मैंने इसका क्या बिगाड़ा है जो मेरे पेट पर लात मार रहा है।"

शोभा-यात्रा पूरे गांव में घूम कर वापिस लौट गई। सब लोग अपने घरों को जा चुके थे। दो चार शिष्य ही वहां मौजूद थे तभी बाबा ने चारों ओर देखा और शिष्यों से तात्या के वहां उपस्थित न रहने के विषय में पूछा। एक शिष्य ने अपनी भूल स्वीकार करते हुए तात्या के बीमार होने की ख़बर दी। तात्या को ताप चढ़ा था इस कारण वह नहीं आया था। बाबा जानकर बेचैन हो गए और तात्या से मिलने के लिए चल दिए। जाते-जाते उन्होंने एक चुटकी भभूति भी ले ली। साईं बाबा के साथ कुछ शिष्य भी साथ हो लिए थे। तात्या के घर पहुंच कर देखा तो उसे बुखार के कारण 'सरसाम' हो गया था और वह न जाने क्या-क्या बड़बड़ा रहा था। तात्या की मां उसका सिर दबा रही थी और रो रही थी। साईं बाबा को देख कर वह खड़ी हो गई और अधिक सुबकने लगी। बाबा ने तात्या की मां को समझाया कि रोओ नहीं। सब मालिक ठीक करेगा। और भभूति निकाल कर माथे पर मलने लगे। सभी लोग खड़े हुए बाबा को भभूति मलते हुए देख रहे थे। तात्या के होंठ हिलने लगे थे वह धीरे-धीरे कुछ बोलने लगा था। उसने आंखें खोल दीं और साईं बाबा को पुकारा।

साईं बाबा ने कहा, "मैं तो कब से तुम्हें खोज रहा था। तुम्हें अपने पास नहीं देखा तो मैं तुम्हारे पास आ गया।"

"मैं आपके पास से आकर ऐसा सोया कि अब उठा हूं।" तात्या ने कहा।

सब लोग आश्चर्य से तात्या को देख रहे थे। उसको छूकर

देखने पर उसका शरीर ठंड़ा लग रहा था जैसे उसे बुखार हुआ ही न था। अब बाबा ने तात्या की मां वाइजा बाई से खाना मांगा। वाइजा बाई कुछ रोटियां और दाल थाली में लगा कर लाई थीं। बाबा ने रोटियां अपने रूमाल में बांध लीं और तात्या को अपने साथ लेकर द्वारिका माई मस्जिद की ओर चल दिए।

वाइजा बाई ने यह सोचकर कि खाने वाले कई हैं और रोटियां चार ही हैं उसने थोड़ी रोटियां और बनाईं और मस्जिद में पहुंच गई। वहां सभी रोटियां खा चुके थे वाइजा बाई ने बारी-बारी से सबसे खाने के लिए पूछा। सभी ने पेट भर गया होने की बात कही। वाइजा बाई आश्चर्य से देख रही थी। चार व्यक्तियों और सभी कुत्तों का पेट कैसे भर गया?

यह सभी बातें लोगों ने पंडित जी को सुनाई, पंडित जी को बहुत गुस्सा आया। वे पहले से ही चिढ़े हुए थे। उनका रोज़गार ठप्प हुआ जा रहा था। पंडित ने दादू को डांट दिया और दादू को समझाया कि कुछ लौंडे चरसी हो गए हैं और चरस पीने के चक्कर में झूठा प्रचार करते हैं। वह बाबा नाम का एक नम्बर का ढोंगी है खुद तो चरस पीता ही है और लड़कों को भी बिगाड़ रहा है।

दादू यह सब बातें सुनकर चुप हो गया, क्योंकि लंबे समय से बीमार पत्नी पंडित जी के इलाज में चल रही थी। पंडित जी उस से बराबर पैसा ऐंठ रहे थे। इलाज उनके वश से बाहर की बात हो रहा था। उन्हें बहाना मिल गया। उन्होंने दादू की घरवाली का इलाज बंद कर दिया और दादू से कहा, "अपनी घरवाली के शरीर

में जो चार हड्डिडां बची हैं उन पर भभूति मल, तेरी घरवाली भी ठीक हो जाएगी।” दादू बहुत रोया गिड़गिड़ाया, अपनी ग़रीबी की दुहाई दी। अपने बच्चों का वास्ता दिया, पर पंडित जी ने एक न सुनी और दादू को उठा कर भगा दिया।

दादू का पूरा परिवार पीड़ित था। दादू की मां अंधी थी। दादू की एक बहन थी, जो अपाहिज थी। दादू की पत्नी भी लंबे समय से बीमार थी। लोगों ने पंडित जी से दादू की सिफारिशें भी कीं, लेकिन पंडित जी ने किसी की नहीं सुनी और घर के अन्दर चले गए। दादू उदास हो गया और भारी मन से घर की ओर चल दिया। घर जाकर उसे पता चला कि उसकी पत्नी की हालत ठीक नहीं है। मां और बहन ने वैद्य जी को बुलाने को कहा, लेकिन दादू अभी बुरी तरह अपमानित होकर लौटा था।

दादू का परिवार

दादू पंडित जी की ओर से निराश हो चुका था। वह साईं बाबा के पास मस्जिद की ओर दौड़ा। इस समय उसे अपनी पत्नी का अन्त समय लग रहा था। उसकी पत्नी टी.बी. की मरीज़ थी। मर्ज़ अपने अंतिम पड़ाव पर था। खांसी उठती और बलगम के साथ खून आ जाता। खून की उलटी देख दादू परेशान हो उठा था। भागते-भागते दादू बाबा के पास पहुंच गया। बाबा ने उसे परेशान देख उसकी परेशानी का कारण पूछा। दादू ने अपनी सारी विपदा कह सुनाई।

बाबा ने बड़े ही सहज भाव से सुना और पंडित जी के दवा न देने को धन्यवाद देने के लिए कहा और अपनी धूनी में से तीन चुटकी भभूति दादू को दे दी। पहली भभूति दादू ने अपनी मां की आंखों पर मल दी। दूसरी भभूति अपनी घरवाली को चटाई। तीसरी भभूति अपनी बहन को मलने के लिए दे दी।

दादू कुछ देर बाद घर लौटा तो उसने देखा उसकी पत्नी जो खांसते-खांसते बेहाल हो जाती, अपने पलंग पर बैठी थी, उसकी सांस थम चुका था। गले की घर्र-घर्र की आवाज़ आनी बंद हो गई थी। दादू ने पत्नी को पुकारा तो वह उठ कर दादू के पास आ गई। बहन ग्लास में पानी लेकर आई। दादू आंखें फाड़े अपनी बहन को देख रहा था। कल तक जो बहन चल फिर भी नहीं सकती थी, वह भाई के सामने खड़ी थी। दादू ने अंदर जाकर देखा तो मां को अपने हाथों की अंगुलियां गिनते पाया। दादू ने अपने परिवार को चमत्कारिक रूप से स्वस्थ पाया, तो वह उलटे पैरों ही चिल्लाता हुआ मस्जिद की ओर जा रहा था, 'बाबा की जय' साईं बाबा की जय' चमत्कार हो गया चमत्कार। रास्ते में लोग उससे पूछते, "क्या हो गया?" बस चमत्कार हो गया। लोगों ने सोचा बेचारा दादू! उसकी पत्नी शायद चल बसी है तभी वह पागल सा हो गया है। कुछ लोग उसके घर भी पहुंच गए थे। लोग गए तो थे उसके घर मातम मनाने, लेकिन जब वे उसके घर पहुंचे तो देखा दादू की मां को दिखाई देने लगा था। बहन ठीक चल-फिर रही थी। दादू की पत्नी स्वस्थ हो गई थी। सभी लोग साईं बाबा की जय-जयकार करने लगे। ख़बर पंडित जी तक भी पहुंची। वे मन ही मन में बहुत घबराए, पर अपने मन की भावना

को दबा कर यही कहते रहे, 'यह छोकरा सब पर अपना जादू चला रहा है। गांव के लोग पागल हो गए हैं।'

•••

प्रश्नावली

1. शिरडी के साईं बाबा का जन्म-नाम क्या था?

   (अ) बाबू (ब) चंदू
   (स) मम्मू (द) बालू।

2. गंगा भावड़िया की पत्नी का नाम क्या था?

   (अ) पार्वती (ब) जानकी
   (स) लक्ष्मी (द) देवगिरि।

3. भीम की मां बाबू के मुंह में क्या देखकर हैरान रह गई?

   (अ) अंधेरा (ब) गुड़ का टुकड़ा
   (स) लार (द) भगवान का विराट रूप

4. बाबू की शिक्षा और पालन-पोषण की ज़िम्मेदारी किसने ली?

   (अ) पंडित ने (ब) वैकुंठ महाराज ने
   (स) स्वामी जी ने (द) महात्मा जी ने।

5. गुरु जी ने बाबू को कहां जाने की आज्ञा दे दी?

(अ) शिरडी (ब) गंगाधाम

(स) गंगोत्री (द) सारनाथ।

6. उनको सबसे पहले साईं बाबा कहने वाले दो युवक कौन थे?

(अ) राम और श्याम (ब) रघुनाथ और गोविंद

(स) कृष्ण और कन्हैया (द) राधे और भीम।

7. किस ईसाई पादरी ने साईं बाबा के पैर पकड़ लिए थे?

(अ) रिचर्ड मार्टिन ने (ब) विलियम जॉनस ने

(स) मिस्टर थामस (द) जॉन अब्राहम ने।

8. साईं बाबा ने किसके काटे का रूहानी इलाज किया?

(अ) बिच्छू के काटे का (ब) गिरगिट के काटे का

(स) शेर के काटे का (द) सांप के काटे का

उत्तर

1. (अ), 2. (स), 3. (द), 4. (ब), 5. (अ), 6. (ब), 7. (स), 8. (द)